奇迹

韩东 著

江苏凤凰文艺出版社

图书在版编目（CIP）数据

奇迹/韩东著.—南京:江苏凤凰文艺出版社，
2021.3(2022.10 重印)
 ISBN 978－7－5594－5519－2

Ⅰ.①奇… Ⅱ.①韩… Ⅲ.①诗集－中国－当代
Ⅳ.①I227

中国版本图书馆 CIP 数据核字（2020）第 258864 号

奇迹

韩东 著

出 版 人　张在健
选题策划　于奎潮
责任编辑　王娱瑶　孙楚楚
封面摄影　韩　东
装帧设计　周伟伟
责任印制　刘　巍
出版发行　江苏凤凰文艺出版社
　　　　　南京市中央路 165 号，邮编:210009
网　　址　http://www.jswenyi.com
印　　刷　苏州市越洋印刷有限公司
开　　本　880 毫米×1230 毫米　1/32
印　　张　7.125
字　　数　120 千字
版　　次　2021 年 3 月第 1 版
印　　次　2022 年 10 月第 6 次印刷
书　　号　ISBN 978－7－5594－5519－2
定　　价　52.00 元

江苏凤凰文艺版图书凡印刷、装订错误，可向出版社调换，联系电话 025－83280257

目 录

白色的他
白色的他 —— 003
电视机里的骆驼 —— 004
黄鼠狼 —— 005
生命常给我一握之感 —— 007
孤猴实验 —— 009
我给星星洗了最后一个澡 —— 010
狗衣服 —— 012
土丘 —— 013
马尼拉 —— 014
放生 —— 016
哑巴儿子 —— 018
嬉戏 —— 020
母亲河 —— 022
生日记 —— 024

致敬之诗
晴朗的下午——致 QM —— 029

肖像	——	030
致曾鹏	——	032
游轮吸烟记——给曾鹏	——	033
给普珉	——	035
致煎饼夫妇	——	037
致杨黎	——	039
致L	——	040
致敬卡瓦菲斯	——	041
致某人或一个时代	——	042
致老邱	——	044
他的头发那么白——给钱小华	——	046
诗人	——	048
长东西	——	049
忆西湖——致毛焰	——	051
能工巧匠	——	053

梦中一家人

母亲的房子	——	057
狗会守候主人	——	059
忆母	——	061
玉米地	——	063
梦中他总是活着	——	065
河水	——	067

梦中一家人	——	069
爱真实就像爱虚无	——	071
红霞饭店	——	072
孤儿寡母	——	074
我们不能不爱母亲	——	076
梦见外祖母	——	077
月光之盛	——	078
蓝天白云	——	080

悼念

叉鱼的孩子	——	085
离去	——	086
离去（2）	——	087
大象皮	——	088
斯大爷（送微粒）	——	090
路遇	——	092
春纪	——	094
喜欢她的人死了	——	096
雪意	——	098
悼外外	——	099
变化	——	101
悲伤或永生	——	103
岳父	——	105

悼念 —— 106
安魂小调 —— 108
又回到了医院附近 —— 109
看雾的女人 —— 111
死神 —— 112

时间与旅行
在天桥 —— 117
孤老太 —— 118
石头开花 —— 120
神秘女性 —— 122
照片 —— 124
藏区行 —— 125
温泉之夜 —— 127
割草记 —— 128
彩虹 —— 130
青年时代的一个瞬间 —— 131
三叶林场 —— 132
无人大街 —— 133
超级月亮 —— 134
那里的金木水火土 —— 135
末班车 —— 137
逝去的草房之歌 —— 139

有关前世的故事	——	141
清晨,雨	——	143
雨	——	145
几个字	——	146
很甜的果子	——	147
亲爱的人中间	——	148
两只手	——	149
由于一些原因	——	150
星光	——	151
蓝天白云	——	152
医院素描	——	153
在医院的楼宇之间	——	155
自由	——	156
失眠	——	157
工作室	——	158
冬日小景	——	159
默契	——	161
戏剧	——	162
风吹树林	——	163
进驻新工作室一年	——	165
邂逅	——	167
可不可以这样说	——	169
大湖记	——	171

往返之间	——	173
黄河夜奔	——	175
一个寓言	——	177

奇迹
他看着	——	181
紫光	——	182
奇迹	——	183
奇迹（2）	——	184
奇迹（3）	——	186

心儿怦怦跳
大音希声	——	191
飞行	——	192
心儿怦怦跳	——	193
夜读	——	195
殡仪馆记事	——	197
白蛆	——	199
生命中的欢宴	——	201
抱着我的狗	——	204
一家美术馆	——	206
夜游新加坡动物园	——	207
搬家记	——	209

遗忘之岛	——	211
时空	——	212
有限	——	214
一个情境	——	216
幸福	——	217
此处风景	——	219

白色的他

白色的他

寒风中,我们给他送去一只鸡
送往半空中黑暗的囚室
送给那容颜不改的无期囚犯。然后
想象他在冰冷的水泥地上
孤独地啃噬。他吃得那么细
每一根或每一片骨头上
都不再附着任何肉质
骨头本身却完整有形
并被寒冷的风吹干了。
当阳光破窗而入,照进室内
他仰躺在坍塌下去的篮筐里
连身都翻不过来了。
四周散落着刺目的白骨
白色的他看上去有些陈旧。

电视机里的骆驼

我看见一只电视机里的骆驼
软绵绵地从沙地上站起。
高大的软绵绵的骆驼
刚才在睡觉,被灯光和人类惊扰
在安抚下又双膝跪下了。
我的心思也变得软绵绵毛茸茸的
就像那不是一只电视机里的骆驼
而是真实的骆驼。
他当然是一只真实的骆驼。

黄鼠狼

一生中你总会碰见一次黄鼠狼
可惜他已经死了。
漂亮的黄鼠狼,在人间的大马路上
奄奄一息。
巨足在他的头前停下
然后走开了。
我们感觉不到那可怕的震动
他也感觉不到。
唉,我要是一只黄鼠狼
就带你回家了。
我要是一只鸡就让你咬一口。
能做的仅仅是用一张餐巾纸
包住软软的你
放进路边的树丛中。

湿泥会亲近你
阴影能让你舒服些。
然后我也走了
穿过车声嘹亮的市区
为一部电影的融资奔忙。
在那部电影里也会有一只黄鼠狼
一瓶拧开的纯净水淋向他
使其复活。

生命常给我一握之感

生命常给我一握之感。
握住某人的小胳膊
或者皮蛋①的小身体
结结实实的。

有时候生命的体积太大
我的手握不住,那就打开手掌
拍打或抚摩。

有一次我骑在一匹马上
轻拍着它的颈肩
又热又湿,又硬,一整块肌肉

---

① 皮蛋,作者喂养的小狗的名字。

在粗糙的皮毛下移动。

它正奋力爬上山坡——
那马儿,那身体,或者那块肌肉。
密林温和地握住我们
生命常给我一握之感。

孤猴实验

我是一只布猴,没有乳房
一只小猴抱住我,去旁边的一个
挂在金属架上的奶瓶那儿吸奶。
他使我成为母亲。
我没有眼睛回应他的凝视
没有手臂回抱我的宝贝。
只有覆盖我的绒布像妈妈的皮肤
在他的抓握磨蹭下渐渐发热。

哦,有一天他被带走了
不是被带回生母那里
而是带离了假母亲。
我的悲伤也是假的。
只有那孤猴实验真实无欺
在宇宙深处某个无法测量的几何点上。

我给星星①洗了最后一个澡

我给星星洗了最后一个澡

把她泡在温水里

沐浴液掩盖了恶臭

不一会儿又回来了。

生命令人惊骇,不是因为强大或聪慧

而是如此衰弱

一只小狗瘦成了一副鸡架

葡萄一样的眼睛里含着一包脓。

但她仍然活着,仍然是生命。

仿佛为了求证

生命之为生命最后剩余的东西

我扶着她就像扶着一位百岁老人

―――――――

① 星星,作者喂养的小狗的名字。

并用最软和的毯子擦拭她。

那毯子整整一面印着一朵硕大的牡丹。

但又有何用?

生命令人惊骇,美丽和恐怖

都让人难以理解。

狗衣服

她来的时候穿着一件狗衣服
背上有一个装饰用的小口袋
可以装进一支烟。
她就背着那支烟在我的视野里欢快地生活
约有十五年,以备我的不时之需。
那支烟我从没有取用过。

此刻,我打开了小口袋
里面什么都没有。
狗衣服下面也没有了我的小狗。

土丘

在土丘的脚下我们埋了一只猫
然后,回到房子里向外面张望。

土丘变成了一座大坟
可我们埋葬的猫是白色的。

"其实,埋在里面的是她的骨灰。"
"即使是骨灰,也是灰白的。"

争论的时候开始下雪,纷纷扬扬
一座雪冢就此伫立在我的窗前。

我们不再说话,仿佛已心满意足。
即便是土丘也不再是原来的土色。

马尼拉

一匹马站在马尼拉街头
身后套着西班牙时代华丽的车厢。
但此刻,车厢里没有游客。
它为何站在此地
为何不卸掉车厢?
就像套上车厢一样
卸掉车厢并不是它所能完成的。
于是就一直站着,等待着
直到我们发现了它。
拉车的马和被拉的车隐藏在静止中
路灯下的投影把它们暴露出来。

如此突兀,不合时宜
那马儿不属于这里。

我甚至能看见眼罩后面那拉长的马脸。
你们完全可以在这儿放一个马车的雕塑
解放这可悲的马
结束它颤抖的坚持
结束这种马在人世间才有的尴尬、窘迫。

没有人回答我。

放生

暮色中,那辆车停在桥上
她从后备箱里拿出一条鱼
变魔术一样,她要让鱼复活。
我们走向下面黑暗的河滩。
魔术变成了神秘仪式
比黑暗更黑的是那条水沟。
她倒拎起塑料袋,鱼像石头一样落下去
水面闭合。
"它还能活吗……
附近有人钓鱼吗?"
往回走的时候我没有回答。
作为仪式已经结束
但魔术尚未揭晓。
我们能做的只是移走了桥上的汽车

至于黝黑的河水里是鱼还是石头
就很难说了。或者是烂泥
或者是别的什么。

哑巴儿子

他是我儿子,所谓"犬子"。
其他都好办,就是他不会说话。
特别是当我们离开家又回到家之后
他的兴奋就像打开了房间里所有的灯
即使夜色已深
也有顽皮的太阳喷薄而出。

有一次,被关阳台二十四小时
我们在上海办事
他如何吃,如何睡,如何
隔着玻璃护栏眺望楼下的人世?
恐惧终于收缩进一只小狗的身体里……
他无意告诉我们这些
没有这样的能力,他不会说话。

就在他撒欢打滚的时候
我们发现他完全没有进食
没有排泄。

他的绝望只是一个推论
比亲口告诉我们还要真实。
如果他会说话
一定会诉说所有的委屈
但他没有这样。
那黑暗的故事被生理限制住
他永远是我快乐而幸福的孩子。

嬉戏

经过一棵开花的树
我向前走去。
又经过一棵开花的树
我又走过去了。
我之后,更多的人经过更多开花的树。
一只小狗抬起后腿对着树滋尿。
一些人拍照,可能还有一些议论。
我经过香气浮动
经过他们的交谈。

细密的花瓣飘落到地面上
小雨也飘落到地上
人们践踏而去。
只有那小狗使劲地嗅着

他终于够着了高大的树
把她踩在柔软的爪垫下
就像和同类嬉戏。

母亲河

黄河边的沙地
两头披红挂绿盛装的骡子。
游客们站在河岸上
掏出手机拍照。
其中的一头骡子激动起来
在沙地上来回奔驰,撒欢、扮酷
主人喝止不住。
他披着锦被印着大红双喜的自由
比他的沉默、被囚禁更让我难受。
身后是黄河水,是那条母亲河。
如果黄河真是母亲
也应该是这两头骡子的母亲。
看见孩子突然开了窍

稠厚泥黄的河水为何没有澄清?
她的脸色和被打扮的孩子
都让人落泪。

生日记

桌子上有两只毛茸茸的小鸡
一只喝功夫茶的小碗里盛着清水。
是谁将这景致放置在这里
让我们看见？
"动物小的时候都那么可爱。"
也许小鸡的可爱已伤害到我们的感情。

我们站在院子里吸烟
饭店门射出的光洒向那桌子。
"爱是油然而生的东西
我们把所爱者吃掉
在他们还是那么可爱之时。"
这里说的和小鸡已不是一件事。

一只小鸡从桌子边缘掉到地上
没有人把它捡起来放回桌上。
有关爱的话题仍在继续
"可爱和可爱者分离是必然的,就像
爱和所爱必然分离一样
是人生必经的考验。"
桌腿所在的黑暗中
小鸡正经历属于它的考验。

致敬之诗

晴朗的下午
——致 QM

我看见一个清净的人
眼里闪光,但没有欲望
汉语说得生硬,但对造句敏感
"如果你愿意,如果你不愿意……"
看着白墙,就像看着草原。
他坐得笔直
像生来就被截肢。

我在想,像他这样活着真是不错
或者有这样的人活着真是不错。
而且他还这么年轻
只会随时光的流逝简单地老去
不会因历经沧桑而性情大变。
就像此刻窗台上的那尊佛像
因光线的变化改变了颜色。

肖像

他的生活很贫乏
可悲在于他知道这一点。
活动范围狭小,交往的人有限
老城的小街上有一家每天必去的咖啡馆。
据说他终生未娶
有爱人就像没有一样。

也许这是故意渲染的效果
力图道出存在的本质。
这得需要多么丰富而敏感的内心?

有一天他读到了一位圣人
把自己砌进一栋石头房子里
他说这是他所理解的广阔。

在那栋房子外面的街上
他走着,黑衣高帽
寻找进入的门户
我们听见了单调的手杖声。

致曾鹏

你是我最好的朋友
我欠你一首诗
"相识于草莽,相聚在海上……"
是这首诗的概要,也是全部菁华。
在草、海之间是苍茫翻卷的时间。
我们曾各自逃生
如果当时有谁没顶
剩下的就只有模糊的怀念。
而此刻,在大海明亮的光芒中
你我的对视如此清晰。
巨舰平稳,我们各自点了一支烟
海风把烟气全刮跑啦
包括那首不朽的大诗。

游轮吸烟记
——给曾鹏

在大海上吸烟你必须找到烟灰缸
它就挂在舱室的外墙上
完全不像是一只烟灰缸。
面朝大海,但也只是一只烟灰缸。

海上不是吸烟的最佳地点
你应该吸入海风,再吐出海风。
吸烟构成了浪费,而浪费的本质
即是你强调的奢侈。

两个奢侈的人在大海上吸烟
从左舷到右舷
从一个烟灰缸到下一个烟灰缸
就像在北京的长安街上转弯

（长安街上有弯吗？）

可以看一眼大海，也可以完全不看
只要知道是在大海上吸烟就足够了。
压根儿没有香烟的味道
海风把烟气全刮跑了
但你必须坚持，紧捏着烟屁……

平静的大海没有嘲笑我们。

给普珉

有时，我心中一片灰暗
想找一个远方的朋友聊一聊
因为他在远方。

他的智慧让他卑微而勇敢地生活
笑容常在
像浑浊世界里的一块光斑。

走路、买菜、坐单位的班车……
他酿造一种口味复杂的酒
把自己给灌醉了。

我常常想起他的醉态可掬，他的酒后真言。

他在一张红纸上写了一个黑字"白"
我在白纸上写了一个红字"黑"。
事情就是这样的。

我们可以聊一聊
卑微的生活,虚无的幻象。

致煎饼夫妇

时隔五年,这煎饼摊还在
起早贪黑的小夫妻也不见老
还记得我要两个鸡蛋、一根油条。
人生而平等,命却各不相同
很难说他们是命好还是命孬
只是甘之如饴,如
这口味绝佳的煎饼。

时机一到,他们就要回到家乡
干点别的,但决不会再卖煎饼。
他们会做梦:女的摊饼
男的收钱、装袋,送往迎来。
干这活的时间的确太长了。

无论酷暑还是严寒

还是上班的早高峰

或是悠闲假日

总是推车而出，在固定的街角。

即使最严厉的城管也会为之感动

道一声："真不容易啊！"

致杨黎

亲爱的老杨

你想象自己是一位邪恶的大师

大师是必然的,但邪恶已经瓦解

没有镜片的眼镜后面是一双真正的裸眼。

你迷恋过的少女的美腿

如今就长在自己身上

于北京深秋时节的胡同里

轻盈地走动。

我们还是别谈荷尔蒙、肾上腺和多巴胺吧

大师是和降压灵、胰岛素、马应龙在一起的。

亲爱的老杨,你真的错了

但却以错误的方式正确得光芒万丈。

致 L

一件事发生在他身上
对我来说只是消息。
碧水蓝天,季节的馈赠不合时宜
我的欢愉就像偷生。

我俩始终走在各自的路上
但他已进入了死巷
就像此刻,在海边这个荒僻的小渔村里
我们的车拐不出来。
瓦棱间的明月是另一种流浪
无情看着有情。

致敬卡瓦菲斯

晚上闷热
夜里要下暴雨。
因为那场淋漓尽致的雨他觉得可以忍受。
他觉得忍受即是渴望。
他想象一个即将到来的日子
陌生的山谷和雨的气味。
夜里他趴在一具此刻也在忍受
(忍受爱情)的身体上
一面抽送一面哭泣。
那场雨要到夜深人静
某种静静的释放和狂暴。

致某人或一个时代

一个人开始衰老
但他的影子依然年轻
落在人行道上的投影深黑
他的声音里带着尘沙。这是
来自他的有力的一握。
空气干冷,友谊紧缩,又像他的脸
因良好的弹性瞬间舒展
化作天桥之上蔚蓝的天空。
越过他的肩膀
我看见了北方广袤的城乡。

然后他走了
向天桥的另一头
风使他的脊背晃了一下——

一个时空的切点。

他再次佝偻如乞丐

身后的破大衣卷起漫天灰霾。

致老邱

我们离开了那座小城
离开了医院和医生朋友
将亲爱的病者托付给他。
坐动车自西向东,回到久违的城市
抵达时已是深夜。
朋友接站,之后
又在高速公路上飞驰。
秋天的疾风吹散了周身的病气
我们回到灯光明亮的家中。
通宵打扫除尘,直到黎明时分
在舒适的床垫上躺下。
一幅画被置于拉上的窗帘背后
又在梦中浮现:
老人病卧,老伴陪伴在侧

医生朋友在走廊里穿梭——
此刻又到了他早起查房的时间。
他的白大褂透出青白的晨光。

他的头发那么白
——给钱小华

平安夜,我们在天上航行
看见舷窗外的一轮明月
光芒四射,照进了客舱
照耀着坐在我身边的基督徒朋友。
他告诉我他梦见了上帝
耶稣拉着他的手走在阳光里。
"他的头发那么白,不,那么金黄
披垂在肩上……我们就像父子一样。"
我的朋友五十岁
而耶稣永远是一个青年。
"他的头发那么白……
上帝可怜我这个孩子……"
这是可能的。然后
我睡过去了一会儿。

半梦半醒之际涌起某种异样的敏感
能感到我们正飞过云层下面的一个小村庄
似乎就是他诞生的那个小村庄。
上帝是一位古老的圣婴
怜悯我们这些未来的老人,是可能的。
"他的头发那么白……"
像此刻天上的月色清辉。

诗人

在他的诗里没有家人。
有朋友,有爱人,也有路人。
他喜欢去很遥远的地方旅行
写偶尔见到的男人、女人
或者越过人类的界限
写一匹马、一只狐狸。

我们可以给进入他诗作的角色排序
由远及近:野兽、家畜、异乡人
书里的人物和他爱过的女性。
越是难以眺望就越是频繁提及。
他最经常写的是"我"
可见他对自己有多么陌生。

长东西

他拿着那根长东西开始走楼梯。
变化方向，长东西跟着旋转。
必须小心翼翼，不能损坏楼道内的墙壁
这就需要一定的角度和技巧。
他在那儿耍弄那件长东西的时候
34楼的业主和工头正互发微信
"怎么还没有开工？"
"早就开始送料了。"
实际上，自从走进"安全通道"他就再无声息。

业主和工头继续着他们的催促和推诿
没有人提到那个正在走楼梯的人。
工头是不屑于说，而业主想不到
（他只是惦记着电梯门）。

那个人继续走着

带着那件被汗水擦亮的长东西

暂时与世隔绝,并逐渐从深渊升起。

忆西湖
——致毛焰

他们把饭店开到了西湖边
很多灯光映在黑色的湖水里。
湖面平静,岸上却卷起生活的声浪
没有人看向窗外这个大湖。
倒是那湖看向灯光
它的觉知随雾气上升
当食客们醉意上头
清明也随之转移到了湖上。
意识继续后退至黑暗的湖心
对面的几点灯火就像星星低垂
若干条水路闪亮而危险
在水和陆的交接处
有浪涌般意志的震颤。
这时一个人离开了席间

去湖边坐成一块石头的影子。
他一动不动,酒杯放在脚边,直到
同伴们叫嚷咆哮着出来呼唤
这才起身应答
一面饮尽了杯中酒。

能工巧匠

他靠门站着
室内的阴影里一个锁匠在干活。
他是锁匠,但却在打制一口铜锅。
他在敲一块铜,圆形的
叮叮当当,把边缘砸薄。
很大的一块铜被敲成一只很小很小的锅
也许是一只碗,放在酒精炉上正好
可以在锅里面炒菜。他说铜锅炒菜好吃
这是他的全部理由。
他从没有见过他修锁
或者看见过,但压根儿不记得了。
他认为他是一个能工巧匠,因为
他把平整的铜敲成了立体的锅
上面还装了把手。正因为他是锁匠

却打造了一口铜锅。
他从不驱赶他,允许他站在门边观看
也许是需要被崇拜,他请他吃铜锅炒的菜。
但他不记得他炒菜的样子
也不记得铜锅炒的菜的味道
只知道一块又厚又硬的铜板经过敲打
竟能使之弯曲成锅。
底部最厚,锅边薄如纸或者刀刃
会割伤手指。

梦中一家人

母亲的房子

这是我母亲生前住过的房子
我仍然每天待在那里
一切都没有改变。
空调坏了我没修
热水器坏了也有两年。
衣橱里挂着母亲的衣服
她睡午觉的床上已没有被子了。
母亲囤积的肥皂已经皱缩
收集的塑料袋也已经老化
不能再用了。
镜子里再也照不见她亲切的脸
但母亲的照片仍然在,并且
不是加了黑框的那种。
母亲喂养的狗还活着

照顾母亲的小王每天都来
也没有多少活儿可干,只是
把这个简单的地方收拾干净。
一切都没有改变
我每天烧香并且抽烟
不免香烟袅袅。三个房间
一间堆放书刊,一间如母亲生前
(那是她的房间)
我在最小的房间里写作
桌子也是最小的。其实那是
妈妈当年用过的缝纫机。
真的,一切都没有改变。

狗会守候主人

狗会守候主人
小孩会等待妈妈
他领着一条狗走出去很远。
那时辰天地就像是空的
田野里没有人,收工的喧哗已过
他并不感到寂寞。
一路看着西天,路却是向北的。
有一阵他被晚霞吸引
忘记了自己的目的
就像妈妈把他和小白留在了这世上
他并不感到寂寞。

我守候的人已经故去了
跟随我的狗也换了好几条

这里是多么地拥挤和喧闹。
在那空空如也的土地上妈妈回来了
推着她的自行车
我听见了铃铛声。
接着天就完全黑了。

忆母

她伸出一根手指让我抓着
在城里的街上或是农村都是一样。
我不会丢失,也不会被风刮跑。
河堤上的风那么大
连妈妈都要被吹着走。
她教导我走路得顺着风,不能顶风走
风太大的时候就走在下面的干沟里。

我们家土墙上的裂缝那么大
我的小手那么小,可以往里面塞稻草。
妈妈糊上两层报纸,风一吹
墙就一鼓一吸
一鼓一吸……

她伸出一根手指让我抓着

我们到处走走看看

在冬天的北风里或是房子里都是一样。

玉米地

很多奇异的事发生在夜晚
玉米地里站着一个白衣人。
外公走过去,听见落水的声音
这之后玉米地里就只有玉米。

比人还要高的玉米
在月光下舞动无数条手臂
外公看见的是一个鬼,还是一个贼?

大胆的外公一直走到了小河边
夏夜的水面上有一些动静
一条绿蛇缠住一只绿蛙
即使在朦胧中外公也看清了那绿色。

他是否会觉得自己也是一个鬼？
但至少，现在已经是了。
亲爱的鬼站在我家屋后的玉米地里
月色染白了他的衣服。

梦中他总是活着

梦中他总是活着
但藏了起来。
我们得知这个消息,出发去寻父。
我们的母亲也活着
带领我们去了一家旅馆。
我们上楼梯、下楼梯
敲开一扇扇写了号码的门
看见脸盆架子、窄小的床
里面并没有父亲。
找到他的时候是我一个人
妈妈、哥哥和我已经走散。
他藏得那么深,在走廊尽头
一个不起眼的房间里
似乎连母亲都要回避。

他藏得那么深
因为开门的是一个年轻人
但我知道那就是我父亲。

河水

父亲在河里沉浮
岸边的草丛中,我负责看管他的衣服
手表和鞋。
离死亡还有七年
他只是躺在河面上休息。
那个夏日的正午
那年夏天的每一天。

路上偶尔有挑担子的农民走过
这以后就只有河水的声音。
有一阵父亲不见了,随波逐流漂远了
空旷的河面被阳光照得晃眼
我想起他说过的话
水面发烫,但水下很凉。

还有一次他一动不动
像一截剥了皮的木头
岸边放着他的衣服、手表和鞋。
没有人经过
我也不在那里。

梦中一家人

最好的生活已经过去了
我领你去看这梦中一家人。
从泥墙上的窗户看进去
有爸爸、妈妈、爷爷、奶奶
和两个孩子。

油灯虽暗,亮堂的是他们的心
影子里的四壁也被收拾得一尘不染。
他们只是笑着,但不说话
动作很慢很慢
像鱼在水里不被惊扰。

难道说他们已经死了?
可其中的孩子还活着呀

并早已长大成人（他们中的一个是我）。
这只是梦中的一家人
那么的温暖、和煦。

爱真实就像爱虚无

我很想念他
但不希望他还活着
就像他活着时我不希望他死。
我们之间是一种恒定的关系。
我愿意我的思念是单纯的
近乎抽象,有其精确度。
在某个位置上他曾经存在,但离开了。
他以不在的方式仍然在那里。

面对一块石头我说出以上的想法
我坐在另一块石头上。
园中无人,我对自己说
他就在这里。在石头和头顶的树枝之间
他的乌有和树枝的显现一样真实。

红霞饭店

饭店的名字叫"红霞",朝东
似乎真有霞光映在楼面上。
只是那些光有些陈旧
不像是朝霞而像晚霞。

父亲坐在油漆被磨光的地板上
也不觉得热
蚊虫不再叮咬他枯瘦的身体。
如果你在一个夏天病重并逐渐消逝
那一定是一个舒爽的凉夏。

饭店的楼下有一家布店
母亲喜欢走进店里,待在花团锦簇中
也不买什么,摸摸看看就觉得平静。

那儿有霞光一样斑斓的色彩。

有一天,我突然想到布店的名字:
布布布布布布。
"不,不,不……"我听见母亲说
只是她的声音有些陈旧。

孤儿寡母

他不敢回到那个家
总觉得会有事情发生。
他不敢不回去,因为如果出事
需要善后、处理。
接近那扇门,步履越发沉重
在楼道里站一会儿,抽根烟再进去吧
开门的时候手像酒鬼一样颤抖。
他就是一个酒鬼
每次都幻觉大起
不是火灾就是盗灾
有人横尸床上。

他的母亲也在担心
不是风暴就是车祸

他横尸街头。
母子俩想到一块儿去了。

直到熄了灯
在各自的房间里躺下
黑暗里就再无忧惧。
就像他们可以去死了
或者已经死了。

我们不能不爱母亲

我们不能不爱母亲
特别是她死了以后。
病痛和麻烦也结束了
你只须擦拭镜框上的玻璃。

爱得这样洁净,甚至一无所有。
当她活着,充斥各种问题。
我们对她的爱一无所有
或者隐藏着。

把那张脆薄的照片点燃
制造一点焰火。
我们以为我们可以爱一个活着的母亲
其实是她活着时爱过我们。

梦见外祖母

昨夜,我梦见了外祖母
被遗弃在我们走后的村子里。
我们进了城,隐瞒她的老病痴愚
就像隐瞒家族耻辱。

这样的事从没有发生过
我只是在梦中抵达了一个所在
醒来时发现连我母亲也死去多年
很多世代都已经过去了。

阳台上面月色正好
多像我清明空虚的牢笼。
愿所有的生者和死者都各得其所
小如镍币的月亮飘过那些形状各异的窗口。

月光之盛

五十年前,苏北平原
一个寒冷无风的月夜
我,一个小人儿站在高高的河堤上
看带我们来的那条公路。
而带我们来的汽车已经消融在月色里
无法再带我们回去。

同样由于月光之盛
我的外公,一个老人
把河面当成了路面
一脚踩进了结了冰凌的河水里。

得把那湿透的棉裤烤一烤
得融化这冰川一样晶莹的世界。

村里人在旷野里燃起一堆火
月光里的火焰，如此奇景
就这么被我看在了眼里。

再没有车带我们回去
而思念把我带回到五十年前
我看见月光之盛
那温暖老人的生命之火
仍在我半老的身体里燃烧。

蓝天白云

他的形象和包联系在一起。
各种面料的包
但一概是双肩包
用来装杂物,但最重要的
是一只饭盒。朋友圈里尽人皆知
饭盒是他妈妈准备的
内装中午的饭菜。
仿佛他是一个大儿童
而时光飞逝。

这会儿他的包里却装着一只大理石盒
盒子如此之大,装饭盒的包根本装不下
但还是装进去了。
包于是变得四四方方

完全不像是一只包了。
他背着它坐公交、转地铁
还打了一段出租
最后去了机场。
过安检
出示有关证明
登机。
他抱着那只包或者盒子飞过蓝天白云
和妈妈一起回到久违的故乡。

悼念

叉鱼的孩子

一个孩子去河边叉鱼
落水淹死了。
村上的人从灶上拔起大铁锅
倒扣在地上,把孩子放上去吐水。

铁锅被放回灶上
孩子归于尘土。
只有那支鱼叉斜斜地插在河面上
经过了一个夏天。

秋天它仍然在那里
冬天开始的时候仍然在。终于
像一根冻脆的芦苇折断在冰面上
叉鱼的孩子真的离开了。

离去

我就要远走他乡
和一个朋友已经诀别过
他不会等我回来。
我们的感情虽好,但交情没到那份上。
平静,就像今天的好天气
会维持一天。
树站在无风之中
就像这之前或之后的一段时间。
垂亡让他变得干净了
空洞的眼神那么舒服。

离去（2）

天晴了
释放了阴郁。
我挎着狗包在路边打车
包里装着我的小狗。
很长时间都没有车来。

地面有一些水迹
世界有一些空
花草有一些绿。
我的朋友此刻
还躺在病房的黑暗中
脸色越来越苍白了。
就像窗外渐渐透露的晨曦。
小狗的叫声像鸡啼。

大象皮

我们去告别
隔着被子我抱了抱他
把头放在他的胸前好一会儿。
我握着他的手,冰冷的
但却像在融化。
这是我们和他诀别的时间。

他的眼睛是最后消失的
从早晨开始它们就一直瞪着。
现在是中午,我们离开医院走到了街上
它们还没有合上。

我多么想抚摸那双眼睛

就像玩手心里的两粒大象皮——

有人在网上刚刚展示过

并让我们猜：那是什么？

斯大爷(送微粒)

天还黑着,我们开始集合
去参加一个朋友的葬礼。
二十年前也是这样,死者很年轻
但今天离开的人已经半老了。

送别的队伍里仍有年轻人
大多是他生前的"滑友"
我们一个都不认识。
这几年他迷上了轮滑
找到了组织找到了她,他是
轮滑一族里身手矫健的"斯大爷"。

鼻尖上面有一点灵
后来转移到他的衣领上

阳光透过雾霾辉映那镜框
回眸一笑看着他的队友。
他比二十年前离开的小夏还年轻
比我们以为的朋友更多。
斯大爷走好！

路遇

她一溜烟地骑过去了
摩托车后带着女儿
和我打了一个招呼
女孩儿回头看了一眼
眼眸那么清亮。昏黑中
车灯照亮了街边的一排绿树。

已经是春天了
葬礼的第二天
她们的轻快让我猝不及防。
她的丈夫死了,而她活了过来
只有女孩儿的眼神如故——
在葬礼上也是那么瞪着。
她始终没有流泪。

那粒泪此刻从我的眼睛里流出:
她们还要活下去,并且
这就开始活下去。
她一溜烟地骑过去了
一溜烟……

春纪

已经快到夏天了
他这才闻到春天的气味
迟缓,但毕竟松开了。
他从一个冬天直接走进暮春
在一个傍晚,唯一的傍晚。

他的步幅不免有一点奇怪
像蹦跳舞蹈
而他的爱人早已现身初夏街头
穿着短袖衣服。
他爱的人在镜中,像被晚风摇曳。

只是他的死人还蜷缩在地下
紧握着自己,那些新鲜的、陈旧的……

他也曾和他们在一起
并肩走过季节的边缘。
春天很快就过去了。

喜欢她的人死了

他喜欢她,而她喜欢我。
喜欢她的人今年死了
她,我去年见过一面
也已经老了。

前些年她去国外做心脏手术
电话里向我托孤
所有的内容都是他代为转告的。
当时他身体健康,只是为她担忧
也为自己不平
"为什么她不把孩子托付给我?"

然后我见到了她。
手术相当成功,但医治不了衰老。

"现在我们可以像以前一样
打牌一打就是一个通宵!"
我点头,但心里拒绝了
这以后再也没有联系。

不知道她是否知道他的事
他病重和后来的追悼会上她都没有出现。
喜欢她的人死了
剩下的只是她喜欢的。
我也不会和她回到从前
打牌一打一个通宵。

雪意

走在路上看见下雪
待在房子里,意识到外面正在下雪。
就像某晚喝醉了
也有不同。

酒后我浑身发寒
想念一个滚烫的身体
而这会儿我是滚烫的
就想那层薄雪下冰冻的逝者。

寒热制造了无限距离。

悼外外

今天天气特别好
这是一个死亡发生以后的好天气。
总是这样,天高云淡
而某人已去。你会想
行色何必如此匆忙
既有天清地宁的日子
你我何妨结伴再走一段?
就在下面的这条小巷里走
有你甩膀子的空间
有你的一双色眼溜来溜去的余地。
晃晃荡荡,没心没肺
一直走到天黑上灯。
我们可以继续在夜色如水里走。
但如果你坚持,也可以不走

只是不要往下跳

让生活呼啦啦地掠过我们。

生死相对运动

而你我不动。

变化

搬家以后,下了一场雪。
搬进新的工作室,下了一场雪。
星星死后,下了一场雪。
跨入新年,下了一场雪。

这是同一场雪
覆盖了我走来的路
雪落在新居的屋顶上
窗外的竹林已被压弯。
门前戗着一把铁锹
你可以自己动手铲雪。

傍晚时分,下班的人在街上走着
努力回到温暖如春的家里

我也要回到一个新地方
打开空调、电暖气
努力使室内升温。
暮色中院子的墙脚上有一堆残雪
像星星火化后留下的骨灰。

悲伤或永生

有人死了,但豆瓣还在
仿佛在网上可以永生。

有人活着,却消失了
微博里最后的留言是
"无论你是谁,在什么花期
都要活得如此蓬勃呀!"
配图是一张枫叶火红的快照。

我的猫在现实中获得了永生
土丘之上立着一排垂柳。
柳丝拂地,风景绝佳
埋她的地方古意盎然并且特别。

我企图在我的作品中永生

打开,其中有一段记述:

生产队长摩挲着床上垫的狗皮褥子对老陶说

"这是你们家小白的皮,暖和着呢!

(狗皮褥子的情节见长篇小说《扎根》。)

岳父

岳父如今不说话了
他做手势。
满是针眼的手转一转
就是把床摇起来
挥一挥,就是"OK,OK"。
动作非常轻柔
有时你会注意不到
他就不断地重复同一个动作。
不是不可以开口
但那样会暴露他的虚弱。
亲爱的岳父爱上了做手势
我想是因为尊严之故。

悼念

有一条路是从家到医院到殡仪馆到不知所踪
他们说是从安适到病苦到抗拒到解脱。
这是一条直路就像一意孤行
他们说是轮回你会回到原来的地方。
当你离家时我们全都在这儿
而当你归来所有的人都已经相继远行。

有一条路是从家到楼顶到地面到殡仪馆到不知所踪
他们说是从心痛到挣扎到终于解脱。
这是一条断头路你一意孤行
他们说就像轮回你会一次次回到楼顶。
当你在那儿时我们全都不在
而当你飞翔时所有的人都在下面爬行。

"到处都是离开家的路"——诗人写道

但没有任何一条路可以带你们回来。

("到处都是离开家的路"引自外外的诗作《来去之间》。)

安魂小调

下雨了。
雨是休息。
我们在雨帘后面,他们在雨水之中。
我们终于可以缩进沙发
看一部庸俗电视剧,他们终于摆脱了死味儿
闻起来只有雨味儿。

沙沙,哗哗……

通常每天晚上我们互道晚安
但在这个雨夜,我们对他们说:
安息。

又回到了医院附近

我们又回到了医院附近
回到了安静的雨夜小巷。
没有谁可以走出去很远
也不会有人前来
即使是垂危的病人也是属于我的。

我们沿着那道围墙又绕了一圈。
这周边有我们刚建立起的日常生活
下决心在这儿待下去
但现在仅仅是一种纪念。

饭馆关门,旅店打烊
医院里照样有人进出
但已经和我们无关了。

我们就像雨水来到这里

黑夜来到这里

不分彼此近乎空无的伤感。

黑色的路面上有一枚亮亮的石子,宝石一样

瞬间消失又在别处闪烁。

看雾的女人

她立在窗边看雾
什么也看不见
于是就一动不动,使劲地看。
而我看着她,努力去想这里面的缘由。

远处大厦的灯光从明亮到模糊到彻底消失
难道她要看的就是这些?
当窗户像被从外面拉上了窗帘
她也没有离开。背对没有开灯的房间
也许有影子落在那片白亮的雾上。

她看得很兴奋,甚至颤抖
很难相信这是一个刚刚失去父亲的女人。
大约只有雾知道。

死神

我想起他的眼睛
使劲地瞪着。
也许没有瞪但睁得很圆。
面色红润,像上了油彩
说话的声线也有变化。
似乎他从来没有这么精神过
无论病前还是术后。
有一种期待是陌生的,我说不上来。
他向我们展示走路、弯腰
手扶住病床栏杆转脚脖子
左转一下右转一下
他的所作所为甚至可以称之为轻佻。
病房里笼罩着一片黄铜色的光
这个人几乎没有影子。

他是我岳父,但说到那会儿
我只能称其为"这个人"。
三天后我们收到噩耗
我又想起了那片黄色的光
和此刻窗外下午的阳光无缝对接。

时间与旅行

在天桥

在天桥或火车站
我经常看见他
躺在一块带滑轮的木板上
关节反转过来
像一条挣扎的鱼两头翘起。
一个残废的孩子在向路人乞讨
但不会有谁真的看见了他。因此
他向我们讨要的仅仅是钱物
而不是注视的目光——
那亮闪闪的真正的金币。

孤老太

她坐在高高的门坎上
用拐棍在一只搪瓷脸盆里拨弄
干枯的手抹桌子一样从脸上抹下眼泪
滴落下来,像煤油。
火焰顿时蹿高了几寸。

她哭那死去的老头子
哭他死后她老无所依的生活
身后的门洞黑乎乎的
我们不敢仔细打量。

她烧纸,烧纸做的衣服
有里衣、外衣还有裤子。

什么样的人会穿上这样的衣服
哗剥作响,在风中抖动
火一燎就成了黑灰。

石头开花

黑咕隆咚
两个小人儿坐着。

坐在石头上
坐在石头中。

石头里的光
厚实的房子里的光
暗淡,却是他以为的遥远。

很硬的风吹着石头
把山吹得叠摞起来。

石头开花

香气弥漫

丝毫也没有人味儿。

神秘女性

节日空旷,如无人大街
我站在街上听四面八方的爆竹声。
看不见烟尘和闪光,看不见你
你的闪烁带给我悠长的白日而非黑暗。

我把你的照片拿给友人看
神秘女性,而你的故事却是杜撰。
胯下的战马、你的矛
河流对岸你如何与一位骑士平行一段。

无人大街,或是青绿荒野
我站在那儿就没有挪动过。
但场景置换了。
曾追随你青春的丽影直到日暮时分

天亮以后便来到这座节日的空城。

我把你的照片拿给他们看
神秘女性,被裁切的半身。
那条漂浮着你影像的河汇聚到一只酒杯里
另一个女人喝了它。我盯着她看,看她的红唇。

照片

突然我就不疼了
突然,咔嚓一声
就拍了一张照片。
疼痛随桥下的流水而去
我看见了枝繁叶茂的夹竹桃。

我意识到我所在的街角
平静得就像一张老照片。
贩夫走卒中我认出自己
凭借那张肿胀得变了形的脸。

我为什么不可以很丑呢?
为什么不可以很穷呢?
就像照片上的那些风物人情
痛苦的生活已经过去了。

藏区行

总是有辽阔的大地
但你不能停下
停下就有阻挡
身陷一个地方。
草在草原上扎根
田鼠在田里打洞
人活在村子上杳无音信。

必须有速度
有前方和后方。
掠过沉重的风景
让大山变远山
雪峰如移动的白云。
青稞架上还没有晾晒青稞

古老的房子里来不及住进新鲜的人。

总是有辽阔的大地被道路分开
有两只眼睛分别长在左边和右边。
总有人不愿意停下
像此刻天上的鹰
更像一根羽毛。

温泉之夜

我们泡在温泉里
四下里一片漆黑。
能看见遥远的星
并且越聚越多。
谁的眼睛混在其中偶尔一闪?
发光的事物还有烟头
一概那么细碎、尖锐。

后来有人说起了大雪之夜
池水就更加黑暗。
他们说的是冷与热、黑与白
我却听见了寂灭。
密密的雪花漫天飞舞,看不见星星
或者我们就在一颗死去的星星上面
泡温泉。

割草记

那些不知名的巨草长在湖边的浅水里
船像云一样飘在它的半空。
船上的孩子跳进水里站起来
就没有那些草高了。
挥舞柴刀,砍树一样他们把草砍倒
拖上木船以前在水面上漂上一阵
几棵巨草就铺满了船舱
和仍然站在水里的草一样绿。
夕阳无一例外,把船和草涂成金色。
之后,孩子们把柴刀和衣服扔上船去
开始在明晃晃的水里玩耍。

整整一个下午
直到有人踩到了石头

那股浑浊的红色冒上来以后天就突然黑了。

船上的青草失色,像枯草一样。

孩子们上船,瑟索着。

船像云影一样漂过月下宽阔的湖面。

彩虹

上山的时候开始下雪
或者,那山上一直有雪。
我看见车窗两侧的风雪西藏
村庄和羊群在雪毯的覆盖下。
道路泥泞,细如食草动物的肠
冒着热气。
雪片一大股一大股地赶到前面去
旋即转身,扑面而来。

所有的人都端着长枪短炮
摄下这满溢的空无。
画面呈黑白两色。
我也边拍边看,直到负片变成正片
一道彩虹
将收藏已久的色彩释放于典型的西藏蓝天。

青年时代的一个瞬间

冬天有冷雨冷雾
我坐在面条摊上吃一碗热面条。
静静的激越使我的镜片模糊
她冻红的手指上沾着白面粉。
那些尚未腾达的穷人和我一起吃,用力吃
那些年轻人和打工仔。

老板站着,一时愣神
看着异乡凄冷的街道,直到有人喊
"还有辣油啊?"

她冻红的手指在我眼前晃动。
我很想去他俩的家乡也开一个面条摊
下着冷雨,或者在雪地边缘。
我想走得更远一点。

三叶林场

我们去了三叶林场
樱花已经凋谢。
又看见了四十年前的麦地
外国友人下车拍照。
这里没有劳动的场面
没有挥汗如雨
麦地平静如池塘
麦子像观赏植物。
也可能是一些野麦
是麦子的前生或回忆。
我们走走看看
天上的云也不翻也不卷
一条新铺的水泥路通向一个死掉的村庄。

无人大街

他对无人大街情有独钟。
深夜时分,渣土车呼啸而过
他对这之后的寂静情有独钟。
不需要知道街名,在哪座城市
突然他就被抛到了街上
在一条无人大街上醒来了。
长夜漫漫,还没有过去
灯光烁烁,只照耀灯杆。
就像是从渣土车上掉下来的一块水泥
从运家禽的车上掉下来的一只鸡
从运垃圾的车上掉下来的一片垃圾。
突然静止,又被风吹着慢慢地向前而去。
他愿意自己是一团灰
被吹过一条无人大街
无街名,无阻扰。

超级月亮

今晚有超级月亮
我走在它的光明里
园子里的灯可以熄灭了。

所有的路口都悬挂着那明灯
所有的面孔都转向了它
所有的思想和怀念……

向着不同方向而去的人
在他们之间有着同样皎洁的事物
可谁又能拒绝这致命的祝福?

超级月亮溢出了自己
我们在消融后溢出边框。

那里的金木水火土

他们用土做各种东西
造房子,做桌椅板凳、泥柜
烤火用的泥盆。
人埋在土里,土里长出庄稼
主要是小麦和水稻。

他们用稻草和麦草干各种事情
盖房子、铺在床上取暖、编绳子。
稻壳和麦眼掺进泥里抹墙
使其不易开裂
即使有裂缝,也小而细密
像老太婆嘴角的皱纹。

只有很少的金属和有限的木材。

木材用来做房子的大梁、棺材
以及农具的柄
金属做农具的头和烧饭的锅。
土做的灶膛里烧着稻草或麦草
拉动木头风箱使火焰猛烈——
还是那几样东西。

水则到处都是
充满大河小沟
每年都要淹死几个孩子。
只有他们是肉做的
和长大成人的我们一模一样。

末班车

他总觉得有人在观察自己
车窗,一个侧脸。
深夜的末班车上已没有其他乘客
他仍然保持着某一姿势。
夜色让他感动,而他在夜色里
激越的心体会着不凡的沉静。
他的表情严肃,皮肤也紧
射入车内的光在其上游移。
末班车进入一个漆黑的街区
司机的背后有两只烁亮的瞳孔。
他觉得自己是一匹孤狼。

直到今天我才看见了他——
作为期待中的权威和观察者。

他的骄傲和孤僻也一如我
只是同样滑稽。
并且由于年老色衰
我们都不再乘末班车了。

逝去的草房之歌

夏天的光临照一栋草房
房子是新起的,屋顶于是金黄。
村上其他的房子相对灰暗
顶上的草已失去新鲜的颜色。
有的黄黑,有的全黑,有的灰白了
(像老人稀疏的头发披垂下来
中间还有头缝)。
但整个村子依然美丽
因为有盖了新草的房子承接夏天的光
就像一潭死水接住暴雨。

新起的房子也会变旧
变灰变黑
但村里总有人家盖新房

总有强光如瀑的夏天。

于是就有一块块的金黄

在村庄的绿色树后在时间的池塘里明明灭灭。

有关前世的故事

那地方既陌生又熟悉
时间的感受既长又短。
空气里飘荡着汽笛和煤烟
夜晚就像被熏制过。

他俩是从两地分别前来的男女
但却在扮演一对情侣。
后者世代生活于这里的小巷
因为压抑和厌倦
要奔赴外面的大世界
于是相聚就有如别离。

由于无物可赠
他撕下手背上的创可贴

贴在了她的手心里。
裸着一道血口，拉起她假装负伤的手
两个人又走了很久。

他对我们说
这是一个有关前世的故事。

清晨,雨

他听见墙外在下雨
之后出门走到街上。
清晨的雨落在树叶和雨伞上
地面闪着漂亮的雨光。
车辆驶过,响起泼溅声。
他斜斜地穿过马路
雨斜斜地划过天空。

从房子里携带的热量逐渐消散
他的四肢开始变冷
树枝一样沾着雨水。
湿重的脚树根一样地迈了出去
他已成为一件雨中的事物。

一个冒雨疾行的人
思想是一个紧闭的房间
他从那儿隔窗望着自己。
雨中的他想无所想地走了下去。

这个清晨是和雨一齐结束的。

雨

雨下得很大
我专注于雨水的声音。
也想录一段寄赠你
我们一起用四只耳朵听这原始乡音。
持续不断,简化万象
当世界重返荒野丛林
身体的动物性反倒止息了。

几个字

我不喜欢那几个字
但我喜欢那些字的颜色
安静、性感
那么粉红的光那么镇定。

我已经抵达了一个安全之所
我已得到那淡漠的微笑。
我可以毫不费力地看着
毫不费力地站在这儿。
我和那几个巨大的字在一起。

很甜的果子

我吃到一个很甜的果子
第二个果子没有这个甜。
第三个也没有。
我很想吃到一个比很甜的果子还要甜的果子
于是把一筐果子全吃光了。

这件事发生在深夜
一觉醒来,拧亮台灯
一筐红果静静放光。
然后,果子消失
果核儿被埋进黑暗
那个比很甜的果子还要甜的果子
越发抽象。

亲爱的人中间

亲爱的人中间有一类是死者
他们永远在那里。
无论远近,和我总是等距离。

有一类是离开的人。
已经走了很久
打开这扇门就能看见:
背影越来越小,但永不消失。

第三类是被隔绝者。
我向你走近,走到如此之近
但不可触摸。
你永远是我亲爱的人。

两只手

她把手放在粗糙的木头桌子上
他把手盖在她的手上。

他说:我们的手真的很像。
也可能是她说的。

接下来的那个说
一只大手,一只小手
只是型号不同。

他说:我的手就像你的手的手套。

上菜以前他们就这么一直说着
突然就感到亲密得刻骨
好像不把她的手塞进他的手里就无法缓解。

由于一些原因

由于一些原因我待在水下。
水是清澈的,不流动的。
我希望像在石头里一样不动摇。

天黑了我就待在黑水里
没有声音,也没有光。
而寒冷是水的属性。

星光

当星光抵达的时候
那颗星星已经死了。
我们看见的又是什么?

无限的时空把表象和实在剥离开
星星的表象就是星星的实在
挂在窗前树梢上。

我把属于我的你和你剥离开
你陪我坐在这儿。
再没有别的你。

蓝天白云

夜里也有蓝天白云。

哦,那不是蓝色
是如此深湛之蓝。
也不是白色
是如此轻柔的白。

在这样的夜里行走
你会快活地消失。
我的失去也不是失去
是一切原本的乌有。

哦,夜里的蓝天白云。

医院素描

医院是另一个世界。
喧哗,是家里的顶梁柱倒塌。
寂静,是死神莅临。
那里的居民也吃饭
胃管直接插入小肠。
也排泄,通过完美的造瘘。
也睡眠,在镇痛棒的作用下。
也有性爱,在全麻以后的睡梦中——
在那些梦里他们也有诱人的形体和欢笑。
也有事关金钱之事
住院费或医药费拖欠太久。
也有权威、白衣天使和魔鬼
皆由亲爱的医生护士扮演。
他们下班回到这一个世界

就像回到久违的天堂

需要临窗喝上一杯。下面

探视者如过江之鲫

陪护、打杂的是一帮小鬼儿

发小卡片卖病号饭的耗子一样

在俯瞰的大楼内外穿梭。

突然一声庄严的佛号升起：

南无阿弥陀佛！

在医院的楼宇之间

在医院的楼宇之间,一些人走着。
在那座摩天大楼里,一些人在电梯里上下。
一些人躺卧在病床上,已数月不起。
一些带轮子的担架在楼道里滑行。
一些轮椅空着,等待着
像秋日变凉的怀抱……

如果你恰好走过空地,又没落雨
就会看见炫目的蓝天白云和
灵魂之鸟。所有这些走着或躺着的人
都是在经过这里时不慎跌落的。

自由

有时非常偶然
你突然就置身于自由中。
非常突然和偶然,完全在意料之外。
就像这个雨后的晚上因为忘了一件东西
要返回某地去取,突然
我就在出租车上了。
街道宽阔无人,车辆疾驶
灌进车窗的风呼呼地吹着我
在那动荡中有一种深刻的平静。
拿上东西,我乘同一辆出租车返回
自由的感觉仍未消失
就在我们因往返而遗忘的两地之间。

失眠

有时,你无缘无故地失眠
不是为了一句诗,也不是为了某个人。
心中无事,以为可以睡一个好觉
但突然就醒了。你闭着眼睛把自己关在里面
睡眠所需的空间不是一个房间或者一张床
而是身体伸展或扭曲构成的黑暗。
你悬浮在那里,只有睡着了才会降落。
不是一个梦,也不是现实
只是一个空洞需要填补。
你的生活在此处豁开
失眠使其绽放—— 一朵黑色的无影之花。
一个大蘑菇。

工作室

这个地方在城市边缘
非常偏僻。到达时
街灯把林荫小路映得雪亮
又静又亮。我的工作室就在这儿
但我不会工作到黎明。
我只是很偶然地来到了这里——
就像某人的故居
和树林后面的江流一样永恒。

仅仅是把影子映在那面白墙上
就足够幸运,更何况
一道铁门正为我徐徐移开。
我不想进入到这个幽深而芬芳的院子里
为时尚早。让我在外面站一会儿或者走一会儿
走一会儿再站一会儿。

冬日小景

阳光照亮了河滩
那片草地是黄白色的
也是冬天阳光的颜色。
一个穿黑棉袄的人刚才站在那里
现在不见了。
当他站在那儿的时候,非常不真实
他的棉袄太黑了,新崭崭的。
他拢着袖子站在那儿
一动不动,看向我的窗户
风景于是有了一点进攻性。
他走了以后河边恢复了平静
阳光的亮度也跟着下来了。
我可以很轻松地看出去

意外地发现对岸有一座土丘

上面站着几棵树。

幸好它们不是人。

默契

深夜,我们走在街上
听着两个人的脚步声
彼此不发一言。有一种
走向某处或者任何一个地方的默契。

河边传来一个女人放肆的笑声
那是被一个男人逗乐的(我猜)。
但听不见男人的声音。
这是另一种默契
滞留此地的默契。
我们很快就走过去了。

除此之外,深夜的事物
就只有眼前的这条直路。
河水奔流在附近的黑暗中……

戏剧

两三个朋友,两三个敌人
两三个家人,两三个爱人。
不能太多,但也不能少于两三个。

现在,他们(两三人)
坐在这里和我吃一顿晚餐。
其中有我的敌人、我的朋友
有一个曾经是我的爱人。

一道追光照亮了杯盘狼藉
有一个人此刻只是位置
是一把沉默的高背椅。
但也无须加以增补——
已经到了结束之时。

风吹树林

风吹树林,从一边到另一边
中间是一条直路。我是那个
走着但几乎是停止不动的人。

时间之风也在吹
但缓慢很多,从早年一直吹向未来。
不知道中间的分界在哪里
也许就是我现在站立的地方。

思想相向而行,以最快的速度
抵达了当年的那阵风。
我听见树林在响,然后是另一边的。
前方的树林响彻之时
我所在的这片树林静止下来。

那条直路通向一座美丽的墓园

葱茏的画面浮现——我想起来了。

思想往相反的方向使劲拉我。

风吹树林，比时间要快

比思想要慢。

进驻新工作室一年

即使距离很近
也是从一个地方到另一个地方。
出发地点不变,以前我向东走
现在我向西,几乎到了江边。
以前的那栋楼很高,我往上
现在是一栋平房,有一个院子
我几乎滑行而至。
以前要经过小街小巷
现在是花草树木,还有猫。
以前则是鸡和狗,有人在电线杆上晒被子。
而现在,年轻的艺术家在草坪上打画框。
邻里的叫骂声变成了射击般的鸟鸣
我大声地咳嗽、咯痰
用回声丈量偌大的空间。

然后,窗外开始飘雪
抹去那一切,结束和开始
都飘落到我身上。

邂逅

一天深夜
我经过一个荒芜的公园
看见一个人在长椅上独坐。
我从他的身边若无其事地走过去了。
他一定在想,此人此时入园
四处游逛,是不是一个变态?
他会觉得我很奇怪
就像我觉得他很不奇怪。
或者他觉得我一点不奇怪
但我觉得他非常奇怪。
我们不可能相熟相知,否则
为何不坐下来聊聊彼此的生活?
我甚至没看清他是男是女
年轻或者年老。

他也不知道我是人是鬼。
当我从原路折返
他已经不见了。
我在他刚刚坐过的椅子上坐下
那个位置会告诉我一点什么。

可不可以这样说

在密西西比河的一条支流上航行
导游说,那是一只小鳄鱼
(它喜欢吃乒乓球一样白色的棉花糖)
过了一会儿他又说,那是一只小乌龟
在露出水面的枯树上晒太阳。
那是一条小水蛇……那是一头小野猪……

我们是密西西比河上的游客
但也是这个美丽的世界上的游客。
可不可以这样说:啊,那是一个小美人……
那是一块小奖牌
那是一只鳄鱼皮的小包包,或者
野猪皮的大皇帝……

我们只是说一说，然后就顺流漂走了。

（"野猪皮"为清太祖努尔哈赤名字的意译。）

大湖记

四个老外在湖边钓鱼,每一次
都把钓到的鱼再放回湖水里。
四个中国人(三男一女)这时
从水面上走了过去
老外惊得目瞪口呆,甚至忘了起鱼。

之后天黑了
老外燃起一堆篝火
边吃烤肉边喝啤酒
议论着刚才的那幕。
对岸的中国人远眺那堆火
他们坐在一家湖边餐厅的窗前
也边喝啤酒边谈论露营的老外。

在这两拨人之间是那个大湖
毫无声息,就像消失了。
也许只有这件事是极其自然的。

往返之间

这一次是离开朋友家
回我居住的城市,其混乱在于
就像离开自己的家
奔赴一个似曾相识的未来。
天没亮就起身,赶往机场
那种离情与兴奋混合有如天色渐明
也像来时未绿的群山去时已花海一片。

总是从一地到另一地
两点之间隔着隆起的球面。
或者是山,或者是海
或者是千里灰白的雾霾。
人际,或是时间。
在那条确定的分界线之后

我离开任何地方都像离开你

奔赴任何地方都像奔赴并穿过了你。

或者是此世。

两点之间隔着一趟往返不已的虚拟的航班。

黄河夜奔

黄河边的烟火和水上的河灯
不值得一写。当时
他们正行驶在高速公路上
他坐副驾,安全带的插口被封死
感觉就像裸身奔驰。
巨大的货柜车在他那一侧
晃动着,他们超越过去。
这追逐、避让的游戏没完没了。
如果这时有一只大鸟于空中俯瞰
在滚滚向前的车阵中将看不见他们的小车。
只有更快速地移动,使其显现
鸟眼如果不被车灯刺瞎便可有效地追踪。
那也是上帝之眼,看见
就意味着生命,意味活着。

他抓着把手的手暗暗出汗。
驶入了灯光明亮的隧道就像进入天堂
驶出,又到了地狱深渊的边缘。
光带勾勒,星火点缀
在对面黑暗的群山上。
但他并看不见这样的美
脑海里也无河灯,只有
一幅放荡不已的画面现前,并跳荡。
这是某种不祥的预兆,将要终结之际
他想到的比爱更深或者更浅。
如果有可能回到酒店的宁静和整洁中
他计划梳理归纳一番。
更无烟火,赞贺他心急如焚的轻率。

一个寓言

他永远走不进山里

因为始终走在山道上。

山永远都在两边

越是往深处走他越是窒息。

那狭长的一条并不是山

山给他的余地越来越小。

他在山边边上搭帐篷

喝山上流下来的溪水

捡飘落到路面上的枯枝败叶

晚上燃起一堆明亮热烈的火。

他甚至都不如那架在火上烧烤的野兔

它的的确确是来自山里的

咬一口完全是山珍的味道。

火焰让他更加局促

只映亮了周围一圈地面。

越是在山里了,他越是想念这座山。

直到余烬熄灭,四下里一片漆黑

他才觉得抵达了。

就像他爱那个人

越是进入她就越是思念不已。

直到他们平躺在同一块黑暗中

这才平静下来。

奇迹

他看着

他看着那个顶着水罐下山的女人
看得如此入神
变成了那女人。
他有这样的天赋
变成一棵树或者一块石头
变成空山里的一无所有。
也能进入到一个苦难的身体
甘受束缚。然后
转移到那个坐在病床前一筹莫展的男人。
他是他追悔的眼泪,尽情流下。
他是谁呢?
当他和我们毫无隔阂
我们却与他相距无垠。

紫光

那座大楼上的灯全熄灭了
除了拐角处的一扇窗透出紫光。
我不得不看着它,然后
我非常愿意看着它。
我抬起头,身体后仰
已达最大限度,脖子几乎折断。
那紫光就在我的头顶上方
并继续向我的身后漂移。
索性躺下吧,但还是不行
那束光就像要入地。
风吹着耳畔的草叶,也吹着天上的楼影。
当我翻过身去,将汗湿的脸埋进草丛
仍能看见那动人的光。
就像地底的宝石矿脉
执着的心追随其中。

奇迹

门被一阵风吹开
或者被一只手推开。
只有阳光的时候
那门即使没锁也不会自动打开。
他进来的时候是这三者合一
推门、带着风,阳光同时泻入。
所以说他是亲切的人,是我想见到的人。

聊了些什么我不记得了
当时我们始终看向门外。
没有道路或车辆
只有一片海。难道说
他是从海上逆着阳光而来的吗?
他走了,留下一个进入的记忆。
他一直走进了我心里。

奇迹(2)

坐在他的身边我就安心了。
垫子那么软,友人如此亲切
那是一种很奇怪的感觉。
一个跳伞者终于落地
感觉到阳光、大地的芳香
他懒洋洋地不想起身,踏实了。
其余的好处都是额外的馈赠
虽说它们一直在那里。
可以拆除这栋房子、这个城市
甚至拿走沙发上的软垫。
我可以坐在一块石头上
身处任何旷野
只要他在我身边,或者
降落到离他两尺远的地方。

那天也没有讲经论道
聊的是迪士尼和电影市场
我们就像从跳楼机上下来
品尝一顿真生命的晚餐。
面条确有面条的味道
人也有了人的样子
每颗动物的心都因他安驻在温热的身体里。

奇迹（3）

他坐在垃圾堆上
大声地向我问好。
又瘸又瞎，为何会如此快活？
和所有的人一样
他拥有此刻的阳光和鸟叫
就像为这样的公平而欢欣不已。
此外，他比我们多出了一枚蚕豆
因为牙齿缺损始终抓在手里。
"我请你吃蚕豆。"但却没有送出去。
捡了一辈子的垃圾，很快
他也将成为一块垃圾。
一整天的春风和欢笑。
在天完全黑下去之前
他的慈悲又照亮了这里好一会儿。

最后他说了句"再见!"
当时我们已经走了
他是对这个即将逝去的世界说的
饱含着永诀的畅意。

心儿怦怦跳

大音希声

当你静止下来
便听见这隐隐之声。
你忙着一件事
这声音仍然在,只是不被听见。
和血液奔流类似,从生到死。
持续不断,遥远的,或者很近
那根本的声音。穿透它
你才听见了"无声"。
大音希声是一种前行
提醒你在宇宙中
但不通往任何地方。

2019.4.4

飞行

在飞行的孤悬状态中
心从体内上升
停留在比飞行高度略高之处。
常常在客舱顶部
有时也在外面
伴我们而飞。
某种空洞和异样。

当飞机降落在跑道上
心也下降至身体
慢了一拍。
但扎得更深了。

2019.5.5

心儿怦怦跳

田野离我们很远
去往另一个世界。
兴师动众,还要过江。
那么多的泥巴,他站也站不稳
就像从此以后就都是田野了。

不要离大路太远
就在它的边缘徘徊。
妈妈回过身,招呼他走得更深一些
在妈妈和那条大路之间他犹豫不决。

她那么开心,开始舞蹈
做出他从没有见过的动作
喊出他从没有听过的声音。

和田野里的响动倒很符合
和鸟儿呀、风车呀,和风是一种性质。
他们渐渐地和田野同质
不再是他的父母了。

他在一堵墙壁似的水牛前面停下
爸爸让他摸牛。黑不溜秋的
颤抖的,移动的……难以言喻。
他有一点兴奋,又摸了一下
整张小手都埋在了那片粗粝的乱毛里。

2019.5.24

夜读

雪洞就是雪山岩壁上的洞穴
她在那里修行,不是做什么
而是练习不做什么。她做到了。
她说从来没有感到过孤独
因为不是一个人,她和自己在一起。

设想她看下去的视野。天在降雪
从雪片飞舞的缝隙中看下去。
久而久之,目光就像雪一样
飘落到每一件被看见的事物上
瞬间融化。那是渗透的标志。

我渗透到这本书中的故事里
房间里只有我自己,灯光格外明亮

（似乎因为用电的人少，电流突然充足）。
读到她生火做饭，影子
被映在很浅但发烫的洞壁上面。

我的房间和她的洞穴没有不同
我们都离开了母亲，在这世界上独处。
我的静夜之时略等于她的觉者生涯。
单独而非孤单的雪花在火焰里起舞
甚至来不及相触。

2019.7.21

殡仪馆记事

很多次去过那里
但无法写好它
心里面有一种回避
不是恐惧也不是悲伤
只是无聊。
所有的事都变得没有意义。
一切都是大理石的
贴在墙上或铺在地上。
盒子也是大理石的质材。
如此庄重,但如此寒酸。
万物的里面都没有东西
一切所见都不是其自身。
当我哭着走下台阶
碰见一个女人也在哭泣

我们泪眼相望，彼此
似乎怀有深情。
但这不过是一个误会。
她递过来一块手帕——这太过分了！
那里的手帕也不是手帕
只是事实的一片灰烬。

2019.7.21

白蛆

一条白蛆在蠕动
像一粒大米,或者像
大米煮成的米饭。
米饭在蠕动
它是荤的
有其生命
不是尸体。
蠕动其上的地面颜色较深
有点潮湿
微风吹过
草叶晃动
但白蛆不动。
它没有被风儿吹动
是自己在动。

某种力量源于自身

被自我掌控

从东边慢慢地移往西边。

一种和我们类似的被掌握于身体的力量。

然后,你抬起脚

踩破了那截蛆。

我们显示了我们的力量

而让另一种比我们渺小的力量

宣告破产。

现在

风可以吹动那截瘪下去的尸体了。

蛆的体液被土地吸收。

2019.7.26

生命中的欢宴

我们需要生命中的欢宴
因为我们都很饥饿。
在桌子边上已经坐好
灯光照耀着洁净的餐具。
从厨房飘来饭食的奇香
那一刻我们可以忍受。
这时有人会把话题岔开
说起一些比较体面的事
也可能比较猥琐。
另一个人已经打开了瓶塞
疏通喉管,并向肠胃预告。
和宴会的结局相比
有一阵我们无不眉清目秀。
如果时光就此停顿

也许就是一种此世的圆满。

即使是在厨房工作的人
也感觉到了祥瑞的气氛。
他们要满足需要被满足的人
他们的满足就是他们的满足。
于是一切有条不紊地进行着
从清晨采买开始的备餐
到这会儿已经过了若干阶段。
窗外的一棵树结有硕果
果实就要降落，但尚未降落。
如果时光就此停顿
就是一种施与受的圆满。

我们生命中的欢宴不是比喻
是确实的吃喝。在此仪式中
总是和另一些人在一起
印证一种心情，履践一套程序。
哪怕是夜市的路边排档

当年黑灯瞎火的广州
只有李苇和我。
我们交谈，等着上菜
那份笃定和寡淡远胜任何美食。
夏夜的凉风不知礼数
但也被纳入到一个人的好客
和两个人的对饮中。

2019.7.27

抱着我的狗

我抱着我的狗
它的身体暖暖的。
天气变凉了,我又感觉到
生命异乎寻常的温热。
它是母亲去世那年被抱来的
我母亲的手也曾是暖暖的。

今年它十岁
脸上长毛覆盖,看不出衰老。
它再老也是我的孩子
就像父亲去世时正值壮年
他再年轻也是我父亲。

所有这些生命都让我怜惜

因为没有实现的愿望。
母亲想长寿，我父亲梦想不朽
我的狗大概想免于作为狗的恐惧。

但愿我永远不被人们怜惜
要么实现了我的愿望
要么我不曾有任何愿望。
我的愿望应该是冰冷的
不应该是暖暖的。

2019.9.21

一家美术馆

这家国立美术馆
只有一间很小的展厅
重复播放一部黑白电影
讲述它所在的建筑不平凡的历史。
从图纸到施工,从混乱的工地
到落成剪彩,再到大刀阔斧
具有天才创意的改造。
明星政要闪耀其间
影像也从单色转为彩色……
其他什么都没有。
没有展览,没有活动,没有咖啡馆。
画外音如模糊的自语回荡于光洁的四壁:
我回忆,我经历,我活着,我矗立
并为此而永远存在。

2019.12.4

夜游新加坡动物园

我们怜悯动物

因为没有寄居在那样的身体里。

即使在林中的月光下

我也愿意是一个人。

不愿意像大象那样有力

像雄狮那样威严

像蛇那样游动。

我们渴望力量和尊严,渴望自由

但不愿是这三者之一。

当我们还是我们

就无法想象无形的轮回。

我们渴望月光

却制造了一种叫作"月光"的灯效。

渴望和动物兄弟般地接触

但把自己关在兽笼似的游览车里。
我们和它们之间隔着一个形体
中间是大片林木。
最多成为一棵树
那是我们的底线。
有什么难以逾越却注定被逾越
就像胸膛里的这颗心狂跳
因为哀伤也由于恐惧。
直到闭园熄灯,它们
才得以安享亘古以来如此短暂的夜色。
我们要到死亡以后。

2019.12.4

搬家记

我们把家从江南搬到了江北
从文明之地搬到了野蛮之所
从灯火辉煌搬到了鬼火点点,甚至
水管里流出的水都带着腥气。

其实只是一江之隔,每晚我们隔江
望着那业已完成甚至完美的新城。
深黑的天空将散射多余的光收束住
我们眼里所见既璀璨又宁静
是我们生活在那里时没有意识到的。

我们下楼,发动汽车
在另一边畅行无阻的公路上跑着
眼睛适应后渐渐能分辨出月色星辉

铺洒在又黑又野的大地上。
在那条沿江而行的路上
我们终于找到了故土的感觉。

与江水齐头并进，就这么一直开下去。
你说：这里就像阴阳两界。
我说：我们就像在边境上巡逻。
你说：好在我们都到了同一边。
我说：我们始终都在同一边。
汽车后备箱和后面的座位上
塞满了塑料箱、杂物和我们的行李。

2019.12.8

遗忘之岛

做梦我也不会去这个地方
但是我去了。
情景非常真实
我们放电影、走路、购物
游览当地的美术馆和动物园。
直到第三天我想起一个人
最后她去的就是这里
给我的最后一封信是从这儿寄出的。
我在她的校园散步
和更年轻的一代交谈
看见新奇的植物、建筑
垂涎不已。
由于过分美丽
这是一座遗忘之岛。

2019.12.10

时空

四十岁到六十岁
这中间有二十年不知去向。
无法回想我五十岁的时候
在干什么,是何模样
甚至没有呼啦一下掠过去的声音。
一觉醒来已经抵达
华灯初上,而主客俱老。那一年

我的一个朋友在外地车站给我打电话
他被抛下那列开往北方的火车。
我问他在哪里,地名或者标志
他说不知道。看着四下陌生的荒野
男人和女人,或许还有一头乡下骡子
他又说,只知道在中间……

电话里传出一阵紧似一阵的朔风哨音
和朋友绝望的哭泣。我说
回家吧,你们已经结束。

甚至这件事也发生在我四十岁
他三十多岁那年。

2019.12.10

有限

我们读过他写得最好的诗
对他写得不怎么样的诗就没有兴趣。
见过他能量充沛的样子
对他的衰弱就不能原谅。
我们对他的感情是一种崇拜,但不是爱。

蓝色的月光降临,他渐渐枯萎,或者
鼎盛之前他幼苗一样幼稚地匍匐。
太阳和月亮能看见的美丽
我们一概视而不见。除非
他没有写过任何真正的好诗
能写成这样已让我们惊奇。

我们收集他全部的作品

看见了过程和整体。

我们对他的感情是一种怜惜,同样不是爱。

只有日光和月色可赋予有限圆满的辉映。

2019.12.11

一个情境

一个情境中
以为开始却走到了尽头,或者
的确是一个开始却以结束的方式出现。
几个人又坐在一起,像地下工作者
但年事已高。一道光射进囚室
从那扇高处的窗户上。你完全不清楚
他们神秘的交谈是关于往事
或是即将到来的日子。也许
一个人已经牺牲,另一个
正在成长。第三个人维持着
就像维持此刻逐渐暗淡只余一线的天光。
他们在时间并非空间中早已分道扬镳
又坐在一起,喝着热茶和冰镇啤酒。

2019.12.12

幸福

他躺在沙发上
看这房子里的一扇窗
整面墙都是玻璃。
竹林掩映,他只看竹子。

阳光透过细密的缝隙落在玻璃上
玻璃经过折射再把那些光运送进来。
他看书,书页反光,有淡影掠过。
文字密集,像竹子站在窗外。

他读到一个埋伏和伪装的故事
窗外的竹林里有一束异光闪烁——
一辆汽车藏身竹林
镀镍的前杠被阳光点亮。就像

一辆坦克悄悄伸出了炮管
瞄向这座房子。幸福就是
身处虚拟的危险中
并想象出有关的画面。

2019.12.19

此处风景

我们住得太高了
窗外偶能看见鹰在飞翔。
与大楼平行,有时靠得很近
一侧鹰眼的目光射进室内
吊顶上的灯突然就亮了。

大楼位置不变
是鹰在转向,盘旋
用另一侧的眼睛证实着什么。
傍晚时分,白昼般的灯光里
孩子无忧地在瓷砖地上爬行
鹰隐藏于渐黑而广阔的天空
像一抹云影。

并不是因为鹰
而是瞬间涌入的夜色
让我关上了窗户。

2019.12.21